楊君潛 著

柳園攀桂傳

張炎成題

柳園辭章總敘

蘇澳家鄉，海市蜃樓之所；蘭陽庠序，春秋蛾術之區。游酢從師，雪盈而愈奮；宋濂求學，冰履而益勤。暑往寒來，星移物換。顧風木皋魚淚竭，詠停雲靖節魂牽。書海揚帆，尼山負笈；髫鬌拾翠，髦耋汗青。覶縷十書，總疏短引。俚歌誰顧？敝帚自珍。

粵若艱屯，索居多暇。消閒歲月，玩習詞章。襞積縹緗，視園蕪而弗顧；博依音韻，眷簡蠹而彌殷。溯沿風雅委源，究稽正變；摭拾聖賢典籍，權作楷模。叢萃百家，積玉浮金並蓄；昭明四始，唐音宋韻兼收。彷彿霓裳，句句如聆鳳嘒；依稀天籟，聲聲似聽鸞鳴。文獻足徵，信今而傳後；清新俊逸，格物而窮情。寧非文彩之鄧林？洵是篇章之珠藪。此《柳園詩話》編著之旨也。

翦燭茅廬，考槃澗陸。幽懷甫暢，逸興遄飛。詩聲與懶婦（蟋蟀別名）爭鳴，意氣共愚公競爽。史經寢饋，不移白首之心；歲月推移，寧隕青雲之志。門非通德，家乏賜書。罔王氏之青箱，昧董生之朱墨。乃思翕張風雅，六義管窺；探索隱微，百家蠡測。於是欲尋厥實，蚊負蚷馳；已而思掇其華，井深綆短。此《讀書絕句三百首》之所由作也。

若夫楹帖掛懸陋室，劉郎喜閱金經；桃符張貼小園，庾子樂調玉瑟。馺娑杜淨，闌珊繡幌佳人；鳷鵲楹空，惆悵綺筵公子。喜喪慶弔，用表戚欣；寺廟樓臺，藉伸肅穆。言其大，須彌自成其高；語其微，芥子不隘於納。道其壯，則鯤海鵬霄；論其纖，則蚊睫蝸角。中華文化，百世巨觀。日月經天，河山載地。境遷時過，璧碎璣零。吾土吾民，是圖是究。此《柳園聯語》編著之旨也。

啓處衡門，風動松聲柳影；棲遲泌滸，幾知魚躍鳶飛。一從鰓曝龍門，終自耳垂馬坂；年少夢醒鯤化，數奇命蹇鴻漸。第念東隅已逝桑榆收，誰云晚矣？枯樹逢春花葉茂，天或憐之。爾乃散此緇繩，開其縹帙；焚膏繼晷，刺股懸頭。簡練揣摩，畏譏埳井之蛙；披覽紬繹，兼防羽陵之蠹。羨虞卿之遐翥，學淺才疏；慕荀子之高騫，資昏質陋。是以雜亂無章之語，充塞行間；支離瑣屑之言，溢洋字裡。何怪乎張平子入眸絕倒，陸士衡撫掌不禁。此《柳園文賦》之所由作也。

興觀群怨，此唱彼吟，世於是乎有詩；雅鄭紫朱，兼容並蓄，詩於是乎有選。

騷章浩矣，遙瞻莫極其涯；簡牘歸然，邃究難窺其奧。獨舉目斯世，陽春輟調，流水停聲；準的無依，頹波莫制。爾乃博采昔賢之名作，不主一家；廣蒐今哲之佳篇，宏斯六義。棄遺糟粕，嚼英華而正性情；檃括篇章，導涵詠而歸風雅。嗟余學非端木，才異西河；率爾操觚，自宜覆瓿。此《柳園古今詩選》編著之旨也。

展如之人，拾翠鳳洲，自得羽毛之異；織綃鮫室，獨殊機杼之功。瑤章與秋月爭輝，綵筆共春花鬥豔。以春秋之筆，律千首之詩；嗣風雅之音，振三唐之韻。是非予奪，裨世教正人心；抉擇參稽，儆邪淫懲悖亂。制頹波於淄澠同流之際；排異說於紫朱相奪之時。其有功詩教，不綦偉歟？爾乃鉅製隔海傳來，見獵心歡，聞歌技癢；佛頭著糞，狗尾續貂。謏說卮言，徒教捧腹；街談巷議，且作笑資。此《柳園春秋千詠》之所由作也。

菜羹蔬食，擬粱肉而尤甘；衣敝縕袍，視狐裘而彌暖。舞文弄墨，攄際遇以消憂；把酒吟詩，抒鬱陶而寄慨。白髮似黃花委落，青雲羨翠鳥爭飛。日居月諸，秋去春來。欲躡袁安之軌跡，意願心違；思追傅燮之履綦，齒增歲暮。蒹葭采采，洄溯從之；伐木丁丁，嚶其鳴矣。魂牽夢擾，不賦詩奚騁閒情？心戀神馳，非琢句難伸離緒。此《柳園閒詠吟稿》之所由作也。

元白喁于，睽違萬里；蘇黃唱和，戛鑠千秋。前輩風流，夢寐猶思揮麈；今賢藻采，魂牽而慕探驪。拈韻賦詩，光照東阿之筆；飛觴醉月，氣凌北海之樽。懷孤臣孽子之心，宣哀楮墨；抱興亡繼絕之志，託恨蘭蓀。擯紫鄭於騷壇，輪扶大雅；醒黃魂於鯤嶠，鼓吹中興。爾乃同氣相求，同聲相應；聞歌麇集，望影駿奔。載酒題襟，濫竽獻醜；效顰無狀，恧穢何其。此《柳園唱酬吟稿》之所由作也。

藉助江山，道濟之詞無敵；乞靈神鬼，仲文之句靡倫。遊遍名山大川，太史文章瑰偉；歇歷天南地北，少陵詩賦雄奇。坡公鴻爪，尚留南海中原；宏祖馬蹄，猶印名山勝地。騁目舒懷，處處之紅樓夜月，妙矣鸞歌；家家之香徑春風，美哉鳳律。濯足三江之水，詠續滄浪；振衣千仞之岡，吟賡白雪。我生雖晚，私淑前修。濡染鼠鬚，乍覺菲才已竭；揣摩蛾術，始知朽木難雕。探賾尋幽，孤負良辰美景；採風擷俗，無非俚語蕪詞。此《柳園紀遊吟稿》之所由作也。

若夫駑馬一駿驥坂，聲華倍蓰於前；庸人偶躋龍門，身價懸殊於後。然則已濟寧猶未濟，早成何若晚成。藉以留名，曷云明道；幸而得獎，烏足潤身。踏實以研，俾免跋前疐後；盈科而進，仍須溫故知新。百鍊千錘，遮莫青春之既逝；寸陰尺璧，挽回歲月之蹉跎。盡瘁詞章，用答父師之訓誨；思齊賢哲，以酬親友之相期。此《柳園攀桂集》之所由輯也。

人生在世，心能止足，將何往而非快；志溺利名，無所往而不殆。余區區處陋巷中，折節讀書。方揚眉瞬目，人知之者，謂係癡人說夢。庸詎知觀音屯嶺，雙峰聳翠於門前；大漢淡江，二水拖藍於宅外。聖賢入座，麈談誨我以文章；星斗臨門，象緯啓予以翰墨。顧余歲晚猶賈餘勇，肆力於斯文，微荊妻之力不及此：起居仗以支理，克儉克勤；生活賴其補苴，無尤無怨。又況弱息繕書校對，載寢載興；小驄（愛犬名）逗趣會心，以娛以樂。

蓋嘗竊論之：傳其房地玉珠，其胤嗣或踵旋物杳；遺以鼎彝尊斝，其兒曹或指屈財空。爾乃憑此十書，藏諸二酉；長存天地，並壽山河。使余得所願，術紹陶朱，以彼易此，孰得孰失，自不難明辨者矣。用視浮生，亦如雪泥鴻爪云爾。

柳園　楊君潛　謹識

歲次丙申（二〇一六）榴月於停雲閣寓所

柳園攀桂集自序

我少即好讀書，又幸而生於書香之家，小學肄業，在先父的教導下，就把四書背熟。讀初中時，張仰安父執，在臺灣水泥公司蘇澳廠供職，因家住利澤簡，交通不方便，須騎腳踏車往返，而蘇澳地區，一年四季，經常下雨，先父力勸他下雨時就宿寒舍。我有幸得其青睞，傳授《古文觀止》（他是清朝末代秀才吳蔭培先生的入室弟子）。因此學校每週作文，我都用文言文寫，獲得陳一聰老師讚揚我有文學天才。

北商畢業，進入臺灣水泥公司臺北總管理處工作。內部有《台泥月刊》，我投了一首五言律詩，題爲《蘇澳即景》。詩云：「五澳鎮瀛洲，三仙臺名話海樓。白雲依靜渚，碧水弄輕舟。樵唱如天籟，漁歌散客愁。避秦留勝地，何用覓丹邱。」主編朱萬里先生很高興，到處爲我說項。入伍後，被分發湖口裝一師師部連第三科（訓練作戰科）上班。科長待我如手足，要我不擅離崗位就好，有空看報紙沒關係。我於是買了《古今文選》上下兩冊。每夜抄一篇，翌日放在報紙下，佯裝看報，實係背書。兩年間，讓我讀了不少文章。

退伍後，半工半讀。先後進入台大夜間補習班（夜間部前身），修國文、歷史兩年；又在私立美爾頓英語補習學校讀了四年。並加入瀛社、淡北吟社、逸社、天籟、澹社、仰山及高山文社等詩社。耆宿李嘯庵、林熊祥、張晴川、林義德、黃春亮、黃鑑塘、廖心育、蕭獻三及葉蘊藍等，把我這個後生晚輩，照顧的無微不至。傾吐其所學，悉心傳授。我亦恭謹執弟子禮，隨侍問惑，於是對詩學始略知梗概。

民國六十六年，誤落塵網，辭掉工作，回蘇澳老家，開設天府工業股份有限公司，生產碎石及石粉。前五年蠻順利，第六年則因強颱來襲，礦區路斷，逾一年未能修復，原料斷絕而歇業。自是困知勉學，肆力於詩文。

諸子學說，各有所長，亦各有所短。修習辭章，非儒家莫屬；治國平天下，當推法家；去奢寡欲，則道家爲尚。自讀老莊之書後，心情豁然開朗，精神勃然振作。發奮忘食，不知老之將至。蘇轍云：「人生逐日，胸次須出一好議論。若飽食煖衣，惟利欲是念，何以自別於禽獸。」午夜夢迴，未嘗不三復斯言。

本書，民國八十九年以前得獎作品，係參加全省各地詩人聯吟大會所作；九十年以後得獎作品，大部份係參加教育部及各縣市政府，舉辦文學獎時所作。良由學無根柢，措詞蕪雜。偶然得獎，儌倖而已。尚祈吟壇大雅，不吝教正之。辱承我最敬愛的長者，前考試委員、現任中華詩學研究會名譽理事長張公定成，惠予題耑，備感榮寵，謹誌謝忱。

柳園　楊君潛　謹識

歲次丙申（二〇一六）臘月於停雲閣寓所

作者夫婦金婚合影

作者夫婦遊橫貫公路於武嶺留影

目次

民國九十七年第三屆蘭陽文學獎《噶瑪蘭吟稿》

民國一〇〇年第十三屆臺北文學獎

柳園攀桂集

柳園　楊君潛著

民國九十年以後得獎作品

民國九十年臺北公車暨捷運詩文徵選佳作獎

淡水紀遊

滬尾重遊思渺漫，昔時征戰水猶寒。怒濤依舊兼天湧，故壘蕭條夕照殘。

慶祝中華人民共和國成立五十五週年全國詩詞聯大賽一等獎

鼎革星霜五五更，卿雲爛漫泰階平。九天閶闔輝南極，萬國衣冠萃北京。
獻策倍饒諸子說，匡時未減八元情。欣逢薄海歡騰日，振藻同揚大漢聲。

民國九十三年教育部文藝創作優選獎《柳園吟草》

古體詩

甲申春日造訪思謙副所長於友竹居既叨珍饌又惠佳章別後賦呈誌謝

觀海難爲水，今始體微意。鱣堂春雨歇，簾外竹彌翠。明公善誘人，鹿鳴鼓笙吹。瞻慕喜盍簪，十觴不知醉。聲譽重儒林，人情閱古今。筆落驚流輩，詩成抵萬金。斑斕「世紀頌」，彷彿「北征」吟。斐然歌「合掌」，朗洛（註一）是知音。風誼友兼師，緣證三生石。翰墨契苔岑，論交成莫逆。自惟愚且魯，人一我逾百。秉此耿介懷，千里跬步積。身世任沉浮，聖門汗漫遊。秀句杯中得，眞詮象外搜。帝王無片瓦，李杜各千秋。裼糲足溫飽，毋庸事忮求。

註一　朗洛，即朗梵洛。美國詩人Longfellow譯名。

朱自力教授鴻著《說詩晬語論歷代詩》讀後感

引玉試拋磚，遂願何雀躍。猶欲伴鵷鴻，不自卑羽弱。繼晷誦迴環，感受如親炙。沆瀣齒頰生，英華細咀嚼。尼父不能刪，斯書異等閒。聲譽蜚藝苑，卷帙貯名山。裘費狐千腋，管窺豹一斑。歸愚相伯仲，斲句動江關。說詩賡《晬語》（註一），萬斛珠璀璨。闡源兼繹變，詳盡復條貫。稻江傳紙貴，人人爭索玩。我非賀知章，亦為謫仙嘆。筆挾黃河水，瀰漫滾滾來。聖賢齊入彀，褒貶見風裁。斐然成鉅著，沾溉遍全臺。姓名垂竹帛，洵是掞天才。

註一　清沈德潛（歸愚）著《說詩晬語》，朱教授即依沈氏之說申論之。

奉題《北堂懷德集》（註一）

身體與髮膚，毋損孝之始。顯親與揚名，孝道闡終旨。年少戀庭闈，人間比比是。五十而慕之，天下能有幾？頭城仰陳母，閫範垂青史。內則嗣徽音，四德世稱美。積善有餘慶，族茂謳麟趾。肯堂復肯構，佳譽蜚鄰里。九男最英畏，而立膺博士。筆落風雨驚，才氣青蓮似。殿試已無倫，稷下更披靡。立達益思親，蓼莪常掛齒。云未答劬勞，瓶罄罍之恥。孝思本人情，不匱一何偉？蕭燦（註二）與皋魚，千秋鼎足峙。

註一　《北堂懷德集》乃陳慶煌（冠甫）教授思親紀念集。

註二　蕭燦即蕭明燦。泉州安海人，生踰歲而孤。永曆九年，鄭師伐泉州，墜安平鎮，安平即安海也。明燦方五歲，與母相失，號泣於塗。叔祖某攜之來臺，居赤嵌城。稍長，始知失母之故，行求漳泉各屬，不能得。乃與家人訣別，曰：「此行不見母，不復還。」渡海而往，遍歷閩南。嗣遇延平族人，諗其母依倚以居，大喜，趣迎歸，備極孝養，比之朱壽昌云。摘自連橫著《臺灣通史》卷三十五《孝義列傳》。

「箭之歌詠」敬悼駱建人教授次林恭祖副所長瑤韻

皖山出竹箭，飛射疾如線。志彀奠丕基，穿楊臻至善。抗懷恥藏弢，鳴鏑靖邦難。莫邪或差肩，千秋鑱一見。功成憩雙林，不復浮名戀。辭賦弔觚園，招魂月在澗。聖道日衰微，神物難再現。青史永留勳，人誰不懷念？

合歡山（註一）

當年五馬說奔江（鄭成功高祖葬處，形家謂「五馬奔江」。），雲蹤婆娑洋世界。東寧地脈勢巃嵸（註二），西向喧豗水萬派。北聳雞籠何突兀（雞籠積雪為臺灣八景之一），南盡馬磯始差殺（註三），合歡綿亙跨南投，四季風光明似畫。倬彼嵯峨欲拂天，晴空萬里淨雲煙。破曉奇萊（山名）星乍落，六龍御日出花蓮。咫尺石門（山名）若培塿，白雲縹緲雪山巔（雪山為臺灣第二高峰僅次玉山）。精神萬化相冥合，俯首群峰快若仙。卻看湍瀑向溪奔，甲（大甲溪）、肚（大肚溪）、濁（濁水溪）、烏（北港溪又名烏溪）沾四縣。盡將斥鹵變膏腴，載芟、載柞皆芳甸。原住民居仁（愛）、信（義）鄉，南東其畝葇庭院。我來正值三冬候，豐年祭罷恣歡讌。江山毓秀且嬌嬈，多少英雄競折腰。一自陳稜宣略後（相傳隋虎賁陳稜曾略地臺灣，鄭成功建開山王廟祀之。），草雞（註四）、金豹（註五）姓名標。勝朝孱棄如甌脫，鯤海揚塵五秩遙。人物風流俱往矣，靈山依舊鬱岧嶢。

註一　合歡山峰嶺綿亙，跨花蓮南投兩縣，為北港、濁水、大肚、大甲諸溪之水源，主峰海拔三三九四公尺，莊嚴華麗，孟夏山花怒放，絢爛奪目，山中雲氣，蒸蔚巖谷間，望之若海，冬季落雪結冰，可供溜冰場。合歡山啞口海拔二五六五公尺，即橫貫公路主線東西兩段分野，亦為霧社支線分歧點，武嶺在石門合歡東峰之間，路基標高三二七五公尺，為全省公路最高處。

註二　《赤崁筆談》云：宋朱子登福州鼓山占地脈曰：「龍渡滄海，五百年後海外當有百萬人之郡。」今按宋至清初年數適符。又云：「福州五虎山入海，首皆東向，是氣脈渡海之驗。」

註三　在臺灣極南，山巃嵸挺出，直抵海中。自傀儡山蟬聯而下至此盡。外為大海。往呂宋洋船，往來皆以此山為指南。按「馬磯」即「沙馬磯山」。今稱鵝鑾鼻。

註四　明末廈門人掘地得磚，有「草雞夜鳴，長耳大尾。」字凡四十。「雞」為酉，合草頭、長耳、大尾為「鄭」字也。

註五　施琅得罪鄭氏，匿廈門港亂石中，有老人云：「此金錢豹子逃難也！」見固凱《廈門志》。

阿里山（註一）

雲開遠見阿里山，摩肩擊轂梅園宿。裙屐徜徉奮起湖，環山遍植四方竹。疾駛森林小火車，老街日夕聽轔轆。流連忘返逛坊間，反旆纔知鎖霧縠。一鳴覘白叫天雞，暘谷嵯峨士品題。五色九光驚乍現，千岩萬壑望難迷。須臾赤日眉痕露，俄頃金烏翅影齊。最是山城眞面貌，荷鋤野老事疇西。纍纍吉野綴繁瑛，姑射仙人標冷艷。不施脂粉更清香，鎮日相看兩不厭。獨酌花間何限意，頹然酲醉三杯釅。婆娑起舞嬌無力，綽約冰姿春獨占。匠石慵瞻倖得全，斧斤不伐養天年。曾聞雷雨蒼龍化，常覿虬枝白鶴眠。微物蚍蜉那得撼，他山樗櫟卻相憐。由來材大難爲用，叔世憑誰解倒懸？慈雲寺（註二）古冠瀛堧，寶筏金繩引迷誤。齋沐心參解脫禪，虔求指點菩提樹。空庭喜見雨花飛，淨理能教猿石悟。舉國殷憂浸大災，乞施法力蒼生護（時値三二〇總統選舉畢，朝野抗爭激烈。）。白雲深處駐遊蹤，嘯詠蓬萊第一峰。巉岫擎天嚴似戟，危岩瀉瀑矯於龍。夢臨貝闕霄攀九，望斷塵寰霧鎖重。好是先期赤松子，太初汗漫道朝宗。

註一　阿里山：在嘉義縣東北七四三公里，為玉山連峰中之一支脈。山高二千九百公尺，為臺灣最有名之古代原始林區域，林產發達，有寶庫之稱。自竹崎至獨立山為熱帶林，山地高八百餘公尺；自獨立山至平遮那為暖帶林，山地高一千八百餘公尺，自平遮那至阿里山嶺為溫帶林，山地高二千九百公尺。全山森林茂密，有櫧、柯、楠木、紅檜等。一葉蘭，每年三、四月盛開，色紫紅，為世界名蘭。自竹崎至眠月，有七十餘公里之高山鐵道可通。火車柴油化，交通便利。森林、雲海、櫻花為阿里山三大偉觀。民國四十二年春，省府選為臺灣新八景之一。

註二　慈雲寺：民國八年（1919）阿里山初期開發之際，日人有感如印度之靈鷲山聖地，而建造阿里山寺。並由當時曹洞宗管長送來由暹邏（即今泰國）國王親贈之釋迦牟尼古佛一尊供奉。佛像外以銅鑄，內裝金沙，已有千年之久，極其珍貴。民國三十四年光復後，改名為慈雲寺。寺門有門聯一對云：「此地崇山峻嶺茂林修竹最奇雲海大觀蔚為人間勝境，到處明月清風流水激湍雖無蓬壺仙跡堪稱島上洞天。」

律詩

榕下納涼

逭暑榕陰下，追陪大雅群。江山飛冷翠，荷芰送清芬。杯泛葡萄酒，毫揮錦繡文。伊誰才倚馬，李、杜欲三分。

夏夜苦吟

琢句頻揮扇，宵深汗背交。蚊雷鳴院落，蛙鼓擊堂坳。胸恨無成竹，心憐有塞茅。數莖髭撚斷，一字尚推敲。

種玉詞丈鴻著《袖山樓詩選》讀後感

詞章如渤澥，浩瀚壯乾坤。使典渾無跡，涵虛自有源。華山稅騏驥（公陸軍上校退役），瀛海化鵬鯤。一卷人爭誦，應教萬世存。

註「種玉」，中華民國古典詩研究社創社理事長鄧壁先生別號。

詠懷（十首錄二）

富貴從來俗念輕，傳家詩禮最關情。烹經煮史燈相伴，鏤句雕詞酒自傾。好道已無槐蟻夢，消閑只有鷺鷗盟。熙游含哺還捫腹，卻訝漁樵識姓名。

其二

裾曳侯門誓弗爲，家無長物卻矜持。丹鉛點勘心常樂，鐵硯磨穿志不移。勝友相逢猶恨晚，暮年困學未嫌遲，沉吟幸免愁風雨，林下鷦鷯藉一枝。

謁昭君墓

仙姿本自畫難同，漢主何須殺畫工。塞外拂弦臺憶紫，曲中變徵淚流紅。
千秋胡地留青塚，萬里龍沙撲朔風。一代閼氏垂竹帛，絕勝爭寵閉長宮。

謁明十三陵

壽山鬱鬱十三陵，遺物珍奇見未曾。瀺灂黃泉寒澈骨，氤氳紫氣冷侵膺。
盡將成敗歸塵劫，無那河山怨廢興。往日悲歡皆寂滅，事如春夢感難勝。

金三角

畫舫縈洄泰、緬、寮，黃金三角地名標。連雲郊野栽罌粟，接壤萑苻匿毒梟。
一面網開風益熾，三金貨貿事難銷。窮邊竟是繁華地，歌舞昇平暮復朝。

註　湄公河流經泰、緬、寮三國邊境，形成三角洲地帶。聯合國特準種植罌粟，遂成毒梟盤踞地。於是三金（黑金—鴨片、白金—海洛因及黃金）走私猖獗，世稱金三角。金三角以泰國邊境最為繁華。舞榭歌臺，櫛比鱗次。熙來攘往，城開不夜。

海中天聽潮（「海中天」旅館名，建立在麻六甲海上）

仰觀星月正交輝，俯視滄溟薄四圍。鼉鼓鼕鼕醒幾度，槐邦歷歷夢依稀。
似聞風雨淋蕉竹，不盡波濤濺石磯。爲問天吳緣底事，倦看澆末獨歔欷？

黑風洞（註一）

拾級攀登黑風洞，巖泉滴久石玲瓏（借句）。竇深十里星霜古，壁峭千尋氣象雄。印度教遺神像在，觀光客似水流東。群山排闥如奔湊，浩浩憑虛欲御風。

註一　黑風洞位在吉隆坡以北十三公里處。在洞頂一百公尺上方，陽光由孔隙穿射而下。洞深十里，共二七二階梯。猴子、鴿子及蝙蝠不計其數。一八九一年印度教徒在洞裡建了一座供奉蘇伯拉馬尼安神的神祠。於是成為朝拜聖地。

冬日遊太魯閣

人來魯閣趁初冬，楓葉奇萊（地名）色染紅。九曲洞幽通燕子（口名），千尋壁峭入鴻濛。探金豔說哆囉滿（註一），擷俗猶存泰雅（族名）風。驀向長春祠外望，斜陽欲落崦嵫中。

註一　昔原住民稱立霧溪與三棧溪一帶為哆囉滿。連雅堂《臺灣通史》卷十八〈榷賣志〉：「鄭氏末葉，遣官陳廷輝往哆囉滿採金。老番訝之曰：『臺其有事乎？或問之，曰：『日本採金而荷蘭來；荷蘭採金而鄭氏至。今鄭氏又採，其能晏然耶？』已而清兵果入臺，話雖不經，亦足以知採金之古。」

洄瀾觀濤

徙倚洄瀾興致豪，爭看拍岸捲驚濤。汪汪萬頃奔千馬，渺渺三山戴九鰲。
海若有情應掩泣，靈胥無恨不悲號。瀰漫浩瀚今猶昔，千古英雄盡浪淘。

註一　花蓮市古名「洄瀾」。傳未築港時，沿岸海瀾迂迴旋轉，故名。

鹿耳沉沙

一夜風迴波驟漲，星輝鶉火月輪高。克收漢土揮鵝陣，畢進艨艟定豹韜。
赫濯功勳垂宇宙，運籌帷幄失蕭、曹。徘徊不見鯤身海，臨眺空懷鹿耳濤。

註一　鹿耳門，舊港名。在臺南西北。港雖大而水淺徑狹。舟必插標以行，觸礁則船立破。明永曆十五年三月朔，鄭成功率戰艦數百艘載兵二萬五千，從鹿耳門進攻，荷人沉舟塞鹿耳。一夜水驟漲，鄭軍飛渡。荷人詫為從天而下。於是因荷夷於安平。至十二月荷酋揆一以城降。迄今三百餘年，昔之鹿耳門，今已成平陸。其遺址僅剩一小溪。令人有滄桑之感。

頭城過無為室追懷康灩泉老先生

數聲鄰笛起山陽，切切隨風欲斷腸。室訪無爲懷故主，人亡一例憶甘棠。

鍾、張難與分軒輊，顏、柳應教共頡頏。曩日栽培感知遇，摩挲遺物淚雙行。

懷雲峰詞兄曼谷

伯勞東逝燕飛西，暑往寒來草又萋。嶺上花葩（星洲有花葩山）遺爪蹟，

園游虎豹（星洲有虎豹別墅）記詩題。十年唱和同元、白，何日相將似阮、嵇？

千里關山勞遠夢，暮雲春樹望難迷。

題《延平詩集》

元音磅礡震瀛東，十五星霜社運隆。海外別開鄒魯地，天南蔚起晉唐風。

中興鼓吹人才盛，大雅輪扶藻思雄。一例青錢經萬選，千秋聲價福臺同。

五言絕句

遊大昭寺（寺在大陸內蒙自治區呼和哈特市舊城西南的玉泉井旁）

好學屠龍技，猶期下九淵。參禪神物現，遽走竟連顛。

註一　寺內釋迦牟尼像，高三公尺，純銀鑄造。左右雕塑兩條金龍高十公尺，活龍活現。

雲海

氤氳滿陵谷，白浪與天齊。不見龍飛起，惟聞鳥雀啼。

晨雞

欲曙勞相警，司晨記最清。劉琨茲已杳，喔喔爲誰鳴？

七言絶句

論詩絶句（十首錄二）

詩欲求工必待窮，久窮我獨未詩工。始知詩好非關學，稟賦由來各不同。

其二

騷客休誇綺麗辭，要知平淡最難爲。欲求綺麗歸平淡，必讀千家萬卷詩。

盆松

託根瓦缶屈虬枝，材大偏遭俗世欺。辜負昂藏身百尺，雄心只有鶴相知。

吳王夫差

地下無顏見子胥，行成於越悔何如？劇憐北上黃池會，故國歸來盡廢墟。

陳冠甫博士惠題拙作《柳園吟草》敬次瑤韻誌謝

幾番屬草難賡和，一曲陽春妙入神。清夜倚樓心向月，鄉音吹管最相親。

註一 陳博士顏其齋名曰：「心月樓」。

《柳園吟草》創作理念

詩者，動天地，感鬼神。照燭三才，輝麗萬有。然則，至大無外，至小無內。語大，雖李、杜、蘇、黃，亦有所不能焉；語小，匹夫匹婦，亦可以能行焉。夫臺灣乃婆娑之洋，美麗之島。其山川磅礴雄偉之勢，非詩不足以張之。又況歷經數次滄桑之變，倉葛之淚既竭，甌脫之恨莫挽。先民乃寄諸嘯詠，宣哀紙墨，託怨蘭蓀。薪傳洛誦，靡不感慨繫之。余嘗欲爲繼聲，無奈才質譾陋，乃藉助於江山，乞靈於神鬼。擷俗雕題鑿齒之鄉，櫜筆名勝古蹟之所。並將師友間過存之什，酌予列入，裒爲《柳園吟草》，以遂初衷。大雅君子，倘以矩矱繩之，與詩道固自有間，然若以言志視之，或可資一哂。進而不吝教正之，則幸甚焉。

五言律詩

梅花湖賞春（其一）

照眼韶光麗，遊湖愜素心。梅開千片玉，柳舞萬條金。珠嶼浮青靄，
虹橋映碧岑。聽鶯醉醽醁，櫜筆動詞林。

梅花湖賞春（其二）

勝日湖光麗，清遊盪客心。千株梅綻玉，十里柳搖金。短鷁衝層浪，
長虹臥細岑。鶯聲嫓絃管，嬌囀徹芳林。

蘭城遠眺（其一）

噶瑪蘭城望，田疇隔翠煙。龍潭迷遠浦，龜嶼接遙天。句覓蒼茫外，詩尋落照邊。羈愁懷庾信，振藻動山川。

蘭城遠眺（其二）

徙倚蘭城望，西隄蔽野煙。梅湖留勝地，鳳岫逼諸天。親老懷雲外，鷗遊憶海邊。刀環循幾度，依舊隔山川。

太平洋垂釣

太平洋理釣，聊復度居諸。戀棧無長策，持竿似散樗。忘機常狎鷺，投餌不求魚。莫道知音少，追陪有溺沮。

蘇澳

浩汗天然港，先民話海樓。北濱屯戰艦，南浦泊漁舟。利市榮工賈，通商達美歐。絃歌聞處處，疑是武城遊。

七言律詩

秋日遊梅花湖

水光瀲灎日初融，湖覽梅花冒冷風。人訪蟾宮乘短艇，天留珠嶼跨長虹。千株江荻花開白，四面霜楓葉染紅。五宿澄波尋故事，支機石採興何窮。

蘭陽秋訊（其一）

金風乍拂太平山，玉露初滋秋信頒。日近貙膢祭宗廟，夜深蟋蟀泣廛闤。

楓丹蘆白鷺新序，蓴美鱸肥憶故關。偶返蘭陽情更怯，斷腸最是雁鴻還。

蘭陽秋訊（其二）

蘭疆秋訊雁初頒，桐雨蘋風冷闠闤。一夜蛩鳴添白髮，十年蠖屈悴朱顏。
感時作客懷倉海，恨別登樓憶子山。解綬投簪仰張翰，輕舟遄返舊鄉關。

蘭陽秋訊（其三）

井梧蕭瑟落龜山，振羽莎雞夜不閒。一事無成勞案牘，十年空自唱刀環。
東山兄弟萸期插，南澳朋儔桂約攀。差喜厄窮心益壯，題橋狂語未嘗刪。

虎字碑懷古

草嶺豐碑夕照中，我來剔蘚感何窮。墨磨鬼泣消濃霧，筆落神驚鎮暴風。
虎字爭誇翔鳳勢，龍文信比換鵝工。將軍書道原餘事，身後無人並兩雄。

慶祝宜蘭設縣卅週年

悠悠建縣卅年遭，勝覲凌黃著績高。舉邑紛傳壇植杏，全民艷說境栽桃。
定教華夏千秋頌，合並春秋一字褒。萬戶欣欣謳郅治，更臻至善振風騷。

梅花湖覽勝（其一）

梅柳争春畫意饒，三清宮外泊千舠。鶯遷喬木鳴孤嶼，燕翦韶光掠小橋。
綸理長隄人獨釣，波凌短艇客相招。笑余氣骨崚嶒甚，終對名湖一折腰。

梅花湖覽勝（其二）

鑑湖澄澈泛輕橈，淑氣氤氳景色饒。柳樾低徊鶯語滑，草馨馳騁馬蹄驕。
凌波潑剌魚驚鼓，避世何人樹掛瓢？漫賞春光詩細翦，緩尋秀句樂逍遙。

吳沙

梯航直到海之隅，噶瑪蘭開績紀吳。三籍鄉民作馮翼，五圍斥鹵變膏腴。
子同豚犬心無憾，姪似龍麟道不孤。石港人來何限感，斜暉脈脈弔遺邪。

蘭東聽雨

灑窗濯竹晚涼生，銀箭紛飛地籟鳴。一夜淋漓醒蝶夢，空階淅瀝雜雞聲。
沾禾勸稼淵明興，潤物催詩子美情。作客羅東無限感，鄉心滴碎耳頻傾！

鑑湖秋月

香飄丹桂影幢幢，夜泛蘭橈興未降。鮫室巡迴凌貝闕，蟾宮掩映入篷窗。
探驪得句詩千首，狎鷺飛觴酒百缸。碧水共長天一色，梅湖勝景世無雙。

梅湖春色

韶光旖旎筆難描，春到梅湖別樣嬌。日暖馬嘶芳草地，風和燕翦綠楊橋。
尋幽鹿埔攜詩篋，探賾蟾宮泛畫橈。諦聽禽聲人意爽，清陰遣興酒盈瓢。

冬日遊蘭陽

采風嵇、阮喜相將，萼破梅花律轉陽。南澳難忘蝦蟹美，西隄最愛橘橙香。
比聞勝會開東北，行見元音紹漢唐。簾外瀟瀟天忽雨，談詩好共夜連牀。

蘇澳蜃市

海市雲生果有不？蘇津曾見說前修。迷離闤闠三千里，掩映蓬萊十二樓。

莫是仙家相矚法，甯非龍女偶嬉遊？世間萬事都如此，悟徹玄機興轉悠。

七言絕句

梅湖秋色（其一）

三清宮外水浮光，散策人來引興長。湖似玉梅深淺翠，天飄金粟邇遐香。

梅湖秋色（其二）

鑑湖風景冠蘭陽，上下澄清菊蕊黃。詩在階前籬畔處，偶然拾得句猶香。

鑑湖垂釣（其一）

載酒梅湖泛釣船，翛然一覺伴鷗眠。太公已逝嚴公杳，落日西風獨自憐！

鑑湖垂釣（其二）

朝朝垂釣鑑湖邊，富貴如雲命在天。最是過江名士鯽，一鉤香餌不流涎。

冷泉（其一）

清泠好比金莖露，甘潤眞同玉醴泉。濯滌髮膚兼沁骨，滿泓寒脈出天然。

冷泉（其二）

全臺勝地惟蘇澳，舉世聞名出冷泉。珍貴資源非易得，合爲開發廣宣傳。

民國一〇〇年第十三屆臺北文學獎

陽明山賞梅（八首）

山上陽明冒冷霜，鞭絲帽影過華岡。眾芳搖落無殊色，半嶺離披有異香。

何處賞心傾蟻醁？有人點額襯梅粧。白頭相對情何限，驢背詩成喜欲狂。

其二

暗香疏影斂冰姿，似怨迎春不入時。眼望攀條來陸凱，心期索笑莅朱熹。

最憐檀板金樽共，獨怯江城玉笛吹。自是花魁標國色，成名從未藉胭脂。

其三

一邱一壑自風流，吟望人來逸興遒。恰似秦觀遊庾嶺，也同何遜在揚州。
濃妝詎許隨桃杏，淡抹偏宜契鷺鷗。爲問佳人緣底事，年華未老白盈頭？

其四

疑是瑤臺闕下逢，瓊枝節比後凋松。含苞不待春風拂，破萼先於臘鼓鼕。
明月前身有殊相，美人遺世自雍容。共憐簪盍吹葭後，玉蕊參差影萬重。

其五

借得東風第一番，花開萬朵綴芳園。廣平心已如鎔鐵，和靖詩成欲斷魂。
漢苑歸來空有跡，羅浮夢醒了無痕。記曾沆瀣聯聲氣，此日巡簷笑語溫。

其六

縞袂相逢倍有情，憐渠綠萼裹瑤英。天然裝束無雙品，月旦論評第一清。

我自沁脾同雪嚼，伊誰染指俟羹成？不求聞達饒高節，遯隱深山寄此生。

其七

離離萬樹倚山栽，清淺橫斜傍水隈。氣足故應躐冬至，天寒端賴送春來。

林間起舞持笙籥，月下豪吟對酒杯。省識南枝高格調，香浮豈待暖風催？

其八

照眼園林景色新，梅花欲度柳前春。餐霞僉說眞名士，倚竹無言是可人。

占斷風情彌淡泊，包藏仙貌更清純。致身不仗司香尉，媚世群芳漫比倫。

民國一〇〇年南投縣政府全國徵詩第一名

閱讀南投．詩詠日月潭（四首）

瀇瀁波濤閱古今，迷離鮫室一何深。潭涵日月方晴霽，雲鎖乾坤變暮陰。
奇力魚肥人膾玉，南投柑熟客分金。風情別致相招引，裙屐聯翩絡繹臨。

其二

太極初分別有天，潭成日月客留連。瀰漫碧水銀河瀉，照徹青山玉鏡懸。
榜枻衝霞看泛棹，樓簷環嶼見浮田。風光如此偏難詠，儉腹深慚李謫仙。

其三

波影潭光嘆大觀，四圍雲樹競飛攢。金烏澡浴天開畫，玉兔輝沉水映丹。
漁火迷離詩夢擾，杵歌斷續酒杯寬。味勝眾藪貓兒筍，香冠群芳鳳尾蘭。

其四

曾聞黃帝失玄珠，掉落魚池境幻殊。南北剖分成日月，晨昏點綴集鷺鳧。鮫人織績龍宮出，麻達（註一）凌波蟒甲（註二）趨。除卻蓬萊無此景，漫將倫比洞庭湖。

註一　麻達：原住民未婚男子之稱。

註二　蟒甲：原住民對獨木舟之稱。

民國一〇一年南投縣草屯鎮第三屆登瀛書院徵詩優選獎

詩題（一）九九峰（七言律詩）

戛日摩天九九峰，草屯勝概冠瀛東。高標四海乾坤壯，矗立千秋氣勢雄。池邐撐空如玉筍，玲瓏承露似金銅。層巒俯壓猶培塿，齊向名山一鞠躬。

詩題（二）遊合歡山（七言古風）

當年五馬說奔江（註一），雲蹴婆娑洋世界。東寧地挈勢巃嵸（註二），西向喧豗水萬派。北聳雞籠何突兀，南盡馬磯始差殺（註三）。合歡縣亘跨南投，四季風光明似畫。倬彼嵯峨欲拂天，晴空萬里淨雲煙。破曉奇萊星乍落，六龍御日出花蓮。咫尺石門山名若培塿，白雲縹緲雪山巔。精神萬化相冥合，俯瞰群巒快若仙。危崖湍瀑向溪奔，甲肚濁烏沾四縣（註四）。盡將斥鹵變膏腴，載芟載柞皆芳甸。原住民居仁愛信義鄉，南東其畝菜庭院。我來正値三冬候，豐年祭罷恣歡讌。江山毓秀且嬌嬈，多少英雄競折腰。一自陳稜宣略後（註五），草雞金豹姓名標（註六）。勝朝孱棄如甌脫，鯤海揚塵五秩遙。人物風流俱往矣，靈山依舊鬱岧嶢。

註一　《赤嵌筆談》：「宋朱子登福州鼓山，占地脉曰：『龍渡滄海，五百年後，海外當有百萬人之郡。』今按宋至清初，年數適符。又云：『福州五虎山入海，首皆東向，是氣脉渡海之驗。』」

註二　臺灣極南，山勢巃嵷挺出，直抵海中，自傀儡山蟬聯而下至此盡。外為大海，來往呂宋洋船，皆以此山為指南。

註三　「馬磯」即「沙馬磯山」，今稱鵝鑾鼻。

註四　甲、肚、濁、烏皆溪名。甲即大甲溪，肚即大肚溪，濁即濁水溪，烏即烏溪。

註五　陳稜：相傳隋虎賁陳稜，曾略地臺灣，鄭成功建開山王廟祀之。

註六　草雞：明末，廈門人掘地得磚，有「草雞夜鳴，長耳大尾。」字凡四十。「雞」為酉，合草頭、長耳，大尾為「鄭」字也。金豹：施琅得罪鄭氏，匿廈門港亂石中，有老人云：「此金錢豹子逃難也！」見固凱《廈門志》。

詩題（三）賦得冷香飛上詩句（五言排律十韻）

二〇一〇年七月三日遊桃園觀音鄉賞荷作

碧沼微颸發，冷然藻思生。興懷同茂叔，感物異淵明。嬝娜紅雲鬧，

飄颻翠蓋擎。中通葭枝蔓，外直淨芰莖。不受淤泥染，劇憐香氣清。

凝妝教月閉，絕艷惹鴻驚。採藕聯珠瀉，探花碎玉傾。凌波儀綽約，
解佩態輕盈。容與恣流眄，端詳寄遠情。盤桓乞青女，莫謾損敷榮。

民國一〇四年南投縣鹿谷大華嚴寺全國徵詩比賽第一名

華嚴寺曉鐘

華嚴一杵醒三千，韻渡巖阿欲曙天。鏜鞳悠揚宣鹿谷，噌吰斷續震鯤堧。
十年喚醒樊川夢，五夜思參慧遠禪。敲墜鳳凰山頂月，餘音尚繞海雲邊。

註一　「海雲」，大華嚴寺住持法號。

註二　詞宗鄧璧先生評：「典雅清新，結句猶有雙關意。」

民國一〇四年臺南市政府文化局主辦「山海新象——臺南勝景古典詩徵詩」優選獎

謁延平郡王祠（限五言絕句）

騎鯨人已杳，鹿耳水猶寒。忠節衣冠在，觚稜夕照殘。

赤嵌城（限七言絕句）

劫灰細認熱蘭遮，地剪牛皮復漢家。軹道受降功紀鄭，門荒桔柣感無涯。

妃廟飄桂（限五言律詩）

氣壓桃花廟，香飄桂子山。蟾輝弔巾幗，蟬蛻動江關。魄化遺釵鈿，魂歸響珮環。五妃魚貫後，千載鶴歸還。

遊竹溪寺（限七言律詩）

古刹春深綠滿溪，修篁繚繞碧萋萋。紅羊劫後龍皈佛，蒼狗雲翻草失雞。
賞景人稠留爪印，參禪我漫把詩題。小西天是忘機地，花墜無言物自齊。

民國八十九年以前得獎作品

民國五十六年岡山國際青商會全國徵詩銅牌獎

岡山國際青年商會成立週年會慶

青商會設遍瀛埏，獨羡岡山組織堅。締美盟歐顯黃裔，興商救國仗青年。

扶輪獅子皆同旨，奪利爭名兩絕緣。週歲欣看功績偉，鑾詩誌盛萃群賢。

民國五十九年瀛社冬季例會於淡水次唱雙元

淡水紀遊

滬尾重遊思渺漫，昔時征戰水猶寒。怒濤依舊兼天湧，故壘蕭條夕照殘。

民國六十年臺東市主辦全國詩人聯吟大會第一名

東臺攬勝

鯉嶺風光接翠微，天空海闊彩霞飛。品聽銅像人爭仰，讀罷碑文淚濕衣！

民國六十五年新竹市主辦中北部七縣市聯吟大會第一名

新竹孔廟遷建廿週年紀念

孔廟遷興廿載遙，宮牆萬仞聳雲霄。鯤瀛禮樂千秋盛，竹塹文章四海昭。

鼓吹中興宏聖道，輪扶大雅挽狂潮。仲舒志與昌黎筆，儒術宣揚紹舜堯。

民國六十九年南投藍田書院主辦全國詩人聯吟大會第一名

南投孔子廟藍田書院濟化堂二十週年堂慶誌盛

地靈人傑數南投，濟化堂登感未休。歲月推移剛廿載，詩文教誨獨千秋。
藍田肅穆繁桃李，魯殿巍峨萃鷺鷗。大會宏開詩紀盛，宣揚道統播遐陬。

民國七十年臺北縣政府主辦貂山吟社協辦全國詩人聯吟大會第一名

慶祝建國七十週年全國詩人聯吟大會感賦

建國星霜七十更，鏖詩北縣萃群英。貂山勝日開高會，鷺侶同心復舊京。
薪膽共追句踐志，涓埃未減少陵情。探驪於我原餘事，摛藻思揚大漢聲。

註一　詞宗許君武先生評曰：「前四句已涵蓋全題，五、六句引申得體，人我俱到。而以矯健之筆作結。探驪得珠，自負不凡。」

民國六十七年宜蘭縣冬季詩人聯吟大會第一名

蘇津展望

蘇津冬日景尤嘉，瞭望人來逸興賒。天爲蘭疆留鎖鑰，地傳蜃市燦雲霞。
輪船進出工商振，貨物輸通海陸誇。淡水梧棲休並論，優良形勢冠中華。

文化生活叢書·詩文叢集 1301037

柳園攀桂集

作　　者　楊君潛
責任編輯　蔡雅如
特約校稿　林秋芬

發 行 人　陳滿銘
總 經 理　梁錦興
總 編 輯　陳滿銘
副總編輯　張晏瑞
編 輯 所　萬卷樓圖書股份有限公司
排　　版　游淑萍
印　　刷　百通科技股份有限公司
封面設計　百通科技股份有限公司

發　　行　萬卷樓圖書股份有限公司
　臺北市羅斯福路二段 41 號 6 樓之 3
　電話　(02)23216565
　傳真　(02)23218698
　電郵　SERVICE@WANJUAN.COM.TW
大陸經銷　廈門外圖臺灣書店有限公司
　電郵　JKB188@188.COM
香港經銷　香港聯合書刊物流有限公司
　電話　(852)21502100
　傳真　(852)23560735

ISBN 978-986-478-065-5
2017 年 3 月初版一刷
定價：新臺幣 160 元

如何購買本書：
1. 劃撥購書，請透過以下郵政劃撥帳號：
帳號：15624015
戶名：萬卷樓圖書股份有限公司
2. 轉帳購書，請透過以下帳戶
合作金庫銀行　古亭分行
戶名：萬卷樓圖書股份有限公司
帳號：0877717092596
3. 網路購書，請透過萬卷樓網站
網址　WWW.WANJUAN.COM.TW
大量購書，請直接聯繫我們，將有專人為您服務。客服：(02)23216565　分機 10

國家圖書館出版品預行編目資料

柳園攀桂集 / 楊君潛著. -- 初版. -- 臺北市 : 萬卷樓, 2017.03
面； 公分. -- (文化生活叢書. 詩文叢集)

ISBN 978-986-478-065-5(平裝)

851.486　　106002304